Per als meus estimats
Joseph, Harry, Molly, Alexander i Hope.

Tom McLaughlin

**El nen que va pintar el món**
Col·lecció Som8

© del text i les il·lustracions: Tom McLaughlin, 2024
© de l'edició: NubeOcho, 2024
© de la traducció al català: Neus Aymerich Mallorca, 2024
www.nubeocho.com · info@nubeocho.com

Títol original: *The Boy Who Painted the World*
Correcció: Joana Morales

Primera edició: Setembre, 2024
ISBN: 978-84-10074-59-0
Dipòsit legal: M-5740-2024

Publicat d'acord amb Oxford University Press.

Imprès a la Xina.

# EL NEN QUE VA PINTAR EL MÓN

Tom McLaughlin

nubeOCHO

HOLA!

Però on soc?

Aquesta pàgina
està buida.

Potser no està TAN buida...

Ai,
ai,
ai!

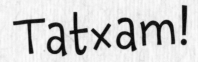

Tatxam!

Ara la taca és un enorme...

TACA-SAURE!

Vols pintar ara tu?

Pintar, jo?
No en sé gaire.

**Tothom** sap pintar! Intenta dibuixar la teva forma preferida.

M'agraden els quadrats, però aquest m'està quedant **regular**...

No cal que facis línies rectes, si no vols. També poden ser **irregulars**.

És el millor quadrat que he vist avui!

Només és un quadrat.

Un quadrat?

Un quadrat?!

Mira-te'l una altra vegada.
És un robot,
és una locomotora,
és un...

Un camió de les escombraries?
Piiip, piiip, deixeu pas, que vinc!

Això puc provar de fer un triangle més recte...

M'encanten els triangles i els seus **tres costats**.

Són molt punxeguts. Semblen d'un altre món!

Amb un triangle pots navegar per un mar ple de peixos de colors.

Tothom a bord!

Pròxima parada:
Illa Isòsceles.

El **BLAU**
i el **GROC** poden
ser dracs **VERDS**
que escupen foc

i granotes **VERDES**
saltadores.

Ara ho entenc!

El **BLAU** i el **VERMELL** poden ser un alienígena **MORAT**.

El **VERMELL** i el **GROC**, un tigre **TARONJA**.

I tots els colors junts...

... un os **MARRÓ**.

I si tinguessis els colors de l'**arc de Sant Martí?**

Les taques, les pots transformar en **gatets**.

I també en **aranyes!**
Qualsevol cosa es pot convertir en una altra...

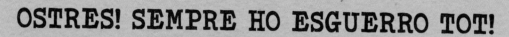

**OSTRES! SEMPRE HO ESGUERRO TOT!**
Per què has dit que soc un artista?
Això és un desastre.
I no penso tornar a dibuixar...
MAI, MAI MÉS!

Mira-t'ho
una altra vegada.
"Qualsevol cosa
es pot convertir
en una altra".
Tu mateix
ho has dit.

Llavors aquestes taques poden ser el món...

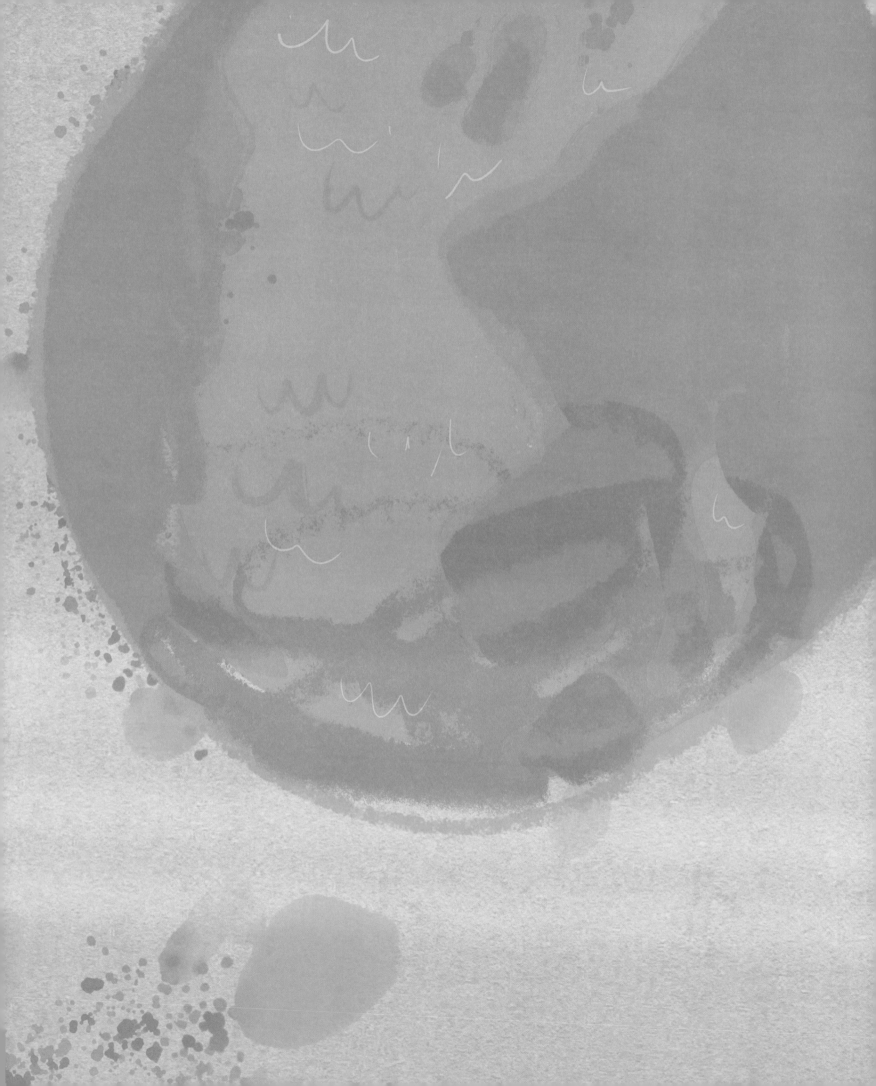

Un món de possibilitats!

# Pinzells preparats!

A vegades, quan dibuixem i pintem, hi ha taques i gargots que semblen errors. Però no ho han de ser necessàriament. Ho vols intentar?

## Gatets

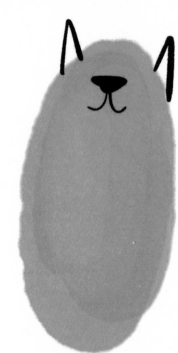

1. Pinta una taca.

2. Afegeix-li orelles i un nas.

3. I ara, potes.

Meu!

4. Per acabar, els bigotis i la cua. Fes servir blanc i després, negre per als ulls.

# Aranyes

1. Pinta una taca.

2. Afegeix-li potes (les aranyes acostumen a tenir-ne vuit).

3. Fes servir blanc i després, negre per als ulls (les aranyes també n'acostumen a tenir vuit).

4. Dibuixa-li una cella.

5. Afegeix-li una boca. Al contrari que les d'aquest llibre, la teva aranya pot ser la teva amiga!

I recorda: no existeixen els errors, només un món de possibilitats!

Hola!